· 小柏拉图的哲学故事 ·

世界上最有智慧的人

[意]埃米利亚诺·迪·马可　著　[意]马西莫·巴奇尼　绘

熊俊彦　余丹妮　译

海豚出版社
DOLPHIN BOOKS
CIPG　中国国际出版集团

图书在版编目（CIP）数据

小柏拉图的哲学故事. 世界上最有智慧的人 / (意)
埃米利亚诺·迪·马可著；(意) 马西莫·巴奇尼绘；
熊俊彦, 余丹妮译. -- 北京：海豚出版社, 2021.3
　　ISBN 978-7-5110-5147-9

　　Ⅰ. ①小… Ⅱ. ①埃… ②马… ③熊… ④余… Ⅲ.
①儿童故事 - 图画故事 - 意大利 - 现代 Ⅳ. ①I546.85

中国版本图书馆CIP数据核字（2020）第263434号

著作权合同登记号：图字01-2020-7159

Original title：
Texts by Emiliano Di Marco
Illustrations by Massimo Bacchini
Copyright © (year of the original publication) La Nuova Frontiera
The Simplified Chinese is published in arrangement through Niu Niu Culture.

小柏拉图的哲学故事　世界上最有智慧的人

［意］埃米利亚诺·迪·马可　著　　［意］马西莫·巴奇尼　绘　熊俊彦　余丹妮　译

出　版　人	王　磊
策　　　划	田鑫鑫
责任编辑	梅秋慧　张　镛
装帧设计	杨西霞
责任印制	于浩杰　蔡　丽
法律顾问	中咨律师事务所　殷斌律师
出　　　版	海豚出版社
地　　　址	北京市西城区百万庄大街24号
邮　　　编	100037
电　　　话	010-68325006（销售）　010-68996147（总编室）
印　　　刷	北京金特印刷有限责任公司
经　　　销	新华书店及网络书店
开　　　本	680mm×960mm　1/16
印　　　张	24（全八册）
字　　　数	322千字（全八册）
印　　　数	5000
版　　　次	2021年3月第1版　2021年3月第1次印刷
标准书号	ISBN 978-7-5110-5147-9
定　　　价	158.00元（全八册）

著　者：埃米利亚诺·迪·马可

他出生在意大利的托斯卡纳，说话也是托斯卡纳口音；他既是哲学方面的专家，又是佛罗伦萨大牛排的专家。从小，他就常给大人们写故事；现在，他长大了，决定给小朋友们也写一些故事。

插画师：马西莫·巴奇尼

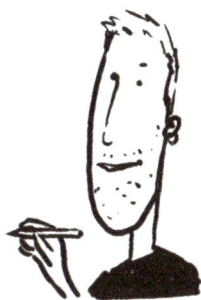

他兴趣广泛，有许多爱好，比如写作、画画、登山、潜水。在艺术和创作上，他和没那么爱运动的埃米利亚诺·迪·马可是合作多年的伙伴。这是他第一次给儿童读物画插图。我们希望他能继续画下去，因为他的画非常棒！

在很久很久以前，古希腊的雅典城里，住着一个小男孩，他的名字叫亚里斯多克勒斯。不过，相比这个名字，大家更常叫他"柏拉图"（意思是又宽又大），因为他的肩膀既宽大又结实。

他出生的那天，刚好是太阳神阿波罗的诞辰。这真是个幸运的巧合啊！也正因为这个，他的爸爸妈妈，特别是他的爸爸——阿里斯通，相信他以后一定会成为一个了不起的人，会生活幸福、长命百岁。

"我的儿子长大以后肯定会成为一位政治家、将军，或者一名医生！"柏拉图的爸爸经常十分自豪地说。

在父母看来，柏拉图是众神赐给他们的礼物。于是，为了感谢众神，他们叫上亲人和朋友，一起去登阿波罗神的圣山。

　　传说，他们刚到达山顶，突然，一大群蜜蜂飞了过来，它们嗡嗡叫着，看上去可怕极了！大家都被这突如其来的变故吓坏了，纷纷夺路而逃，只剩下柏拉图的爸爸留下来保护他。然而，出乎意料的是，那些蜜蜂好像并不想伤害他们，它们朝柏拉图飞了过来，小心翼翼地给他喂蜂蜜，直到他嘴里都盛不下了，蜜蜂才飞走。

　　柏拉图的爸爸过了好一会儿才从惊恐中回过神来，从那以后，他更加确信一点了：他的儿子是一个不一般的孩子。或许，小柏拉图以后会成为一个比医生还要了不起的人。

　　时间一年一年地过去了，柏拉图茁壮成长着。所有人都看得出来，柏拉图是一个十分聪明的孩子，他总是充满好奇，有时候还挺淘气。他的梦想是成为一个伟大的智者，无所不知。

柏拉图机灵又能干，他长大以后，是完全有可能实现这个梦想的。但是，有一个很大的问题，可能会成为他的绊脚石。

那时候，希腊这片土地上，充满了怪物、神和英雄，总是会发生各种各样不可思议的事情。除此之外，其中最令人惊叹的是，所有希腊人都对智慧充满热爱。在希腊，所有人都把智慧当作宝藏。所以，在当时，有学问的人都很受大家尊敬。但是有一个问题，大家对它的看法不太一样：什么是智慧？怎样才能获得智慧？

柏拉图心里总是在想："我怎样才能找到一个老师，来教我如何变得更有智慧呢？"他得到了各种各样的建议，到最后自己也被搞糊涂了，不知道该怎么做。

有一天，他在路上一边走着一边思考如何解决这个问题时，突然看到有两个陌生人在聊天。

他脑海中有一个很小的声音告诉他："如果我是你的话，我就会听听他们在说什么。"

古代的希腊人时不时能听到这种声音，而且，他们对这个声音的存在确信不疑。据说，这种声音是众神对人们说的悄悄话，通常是一些有用的建议。所以，柏拉图就听了它的话，朝这两个陌生人走了过去，想听听他们在聊些什么。

第一个人看起来很惊讶，他说："你解决那个问题了吗？"

"当然解决了！"另外一个人回答，看起来很开心的样子。

"怎么可能呢？你说过没有人能够解决这么难的问题！"

"我自有办法。"那个人得意地说道，"其实，不是什么人帮助了我，而是神帮助了我！"

"呀，好像是很有趣的事情呢。"柏拉图心里想着。为了能听得更清楚一些，他又朝两人走近了几步。

"我去了德尔斐的伟大先知那儿。"那个人继续得意地说道，"我去请求阿波罗神帮助我。你也知道，神从来不犯错误，他们也从不撒谎。"

"太神奇了！"另一个人惊呼道。

"是啊，真的很神奇！太谢谢你们了！"柏拉图说道。还没等两个陌生人回过神来，柏拉图已经转身朝家里跑去了。

"我终于知道该请谁帮我找老师了！我要去德尔斐，去问太阳神阿波罗，谁是世界上最有智慧的人，这样我就不会找错老师了！"他说。

柏拉图的爸爸总是和他讲那个关于蜜蜂喂蜜的故事，因此在柏拉图心中，阿波罗神更像是他的一位导师，所以，他敢肯定，阿波罗神会愿意帮他的。

柏拉图回到家后，把刚才在路上听到的事都告诉了爸爸妈妈，说道："也许我也应该去德尔斐问问先知。阿波罗神一定会帮助我找到我的老师。"

妈妈听了后问他道："柏拉图啊，你可知道去德尔斐有多远吗？"

可是，柏拉图很坚决，他说："妈妈，这是唯一的解决方法。只有神能帮助我了。"

最后，柏拉图还是说服了爸爸妈妈。尽管他俩同意了柏拉图的决定，但还是很担心，不断叮嘱他要多加小心。妈妈对柏拉图说："一路上，你可能会碰到很多危险。你可一定要当心那些到处转悠的强盗、怪物和疯子。另外，除了他们，还有更危险的东西。"

"还有什么更危险的东西？"柏拉图问道，他有点儿害怕了。

然后，爸爸就给他讲了一个故事：很久很久以前，有一个国王，他去问德尔斐的先知，应不应该和邻国开战。先知回答道："如果你开战，你就会摧毁一个强大的国家，并且让一个傻瓜倾家荡产。"

国王听完先知的话，感到很开心。他一回到自己的王国，就宣布与邻国开战。结果却是他被打败了，并且失去了之前所拥有的一切。他确实摧毁了一个傻瓜的王国，只可惜这个傻瓜是他自己。

"给你讲这个故事呢，是为了让你明白，即使一段话充满了神的智慧，如果听的人是一个傻子，那也一样没用。所以，听完他们说的话之后，你一定要好好想想这些话的意思。另外，你可要记住了，一个医生挣的钱，可比一个有智慧的人挣的要多得多了。"爸爸最后总结道。

柏拉图听完后，向爸爸妈妈保证，他一定会很小心的。

第二天早上，他就出发了。幸运的是，柏拉图一路上并没有碰到什么怪物，也没有强盗找他的麻烦。走了好几天后，他终于到达了德尔斐。

先知的神庙看上去十分宏伟、壮观。神庙由高耸的石柱和庄严的墙壁支撑，整个建筑的表面都覆盖着白色的大理石，到处都是雕塑，这些雕塑讲述的都是神和英雄们的探险故事。

大门上方刻着一行字：认识你自己。古希腊人认为，这是人或者神能够说出的最具有智慧的一句话了，只是，大家对这句话到底想表达什么，还没法达成一致。柏拉图读了这句话，然后鼓起勇气，走进了神庙，准备提出他的问题。

穿过大门之后，是一间大厅，中央有一个巨大的火盆，火盆是铜做的，里面的火焰仿佛永不熄灭，就像太阳永不熄灭一样。

柏拉图走到火盆前，学着别人的样子，跪在地上，提出了他的问题。他的声音因为激动而有些颤抖，他说："阿波罗神啊，谁是世界上最有智慧的人呢？"

声音在大厅里回荡着，接着，逐渐消失了。之后，他又等了一会儿，但是什么事也没有发生。就在他已经失望了，站起来准备离开的时候，一个强而有力的声音突然从寂静无声的大厅深处传来，接着，整个墙壁都跟着震动了起来。

这正是阿波罗神的声音，坚定有力——这正是神应该有的声音，他说道："世界上最有智慧的人是苏格拉底，他住在雅典。"

柏拉图一时间惊讶极了，他不敢相信自己的耳朵。他看了看四周，想看看是不是有人在搞恶作剧，结果并没看见任何人，大厅里除了他外空无一人。

"也许确实是阿波罗神满足了我的愿望。"他对自己说道，"这就是我一直在寻找的答案。我要拜苏格拉底为师。"

柏拉图心满意足地站起来，准备离开。离开之前，他在神庙里面留下了一笔丰厚的供奉，以表达他对神的感激。随后，他就返程回雅典了。

柏拉图得到了自己一直在寻找的答案，因此，一路上十分激动，就好像脚上长了翅膀似的，于是，回来的路程一晃就过去了，最后，他满足地回到了家。

他脑海中的那个小声音对他说道："你真是幸运啊，你到天涯海角去找世界上最有智慧的人，结果，他却与你住在同一个城市。"

"是啊。但是再一想，其实这也不是什么奇怪的事情，因为雅典是所有城市中最漂亮、最重要的。"柏拉图回答道。

话是这么说，但是一路上，他还是忍不住去想象：这位老师到底是一个什么样的人呢？

"他肯定个子非常高，留着长头发，白色的胡子又浓又密，目光像火焰一样在燃烧。他应该既严肃，又严格，还很安静，因为一个真正有智慧的人就应该这样，只为最重要的事情开口。"

柏拉图的心里也有一些担忧，他担心，这么重要的一个人或许会不屑和他说话。

"这位老师是个医生吗？"爸爸满怀希望地问道。

"不是。"儿子回答道，甚至感到爸爸的问题有点儿唐突了，"他是一个大智者。事实上，他是世界上最有智慧的人。"

爸爸不想在这个关于智慧的问题上再深究下去了，他叹了一口气，又一次告诫柏拉图，哪怕最差的医生也总是要比最有智慧的人挣得多。

第二天早上，公鸡打鸣后不久，柏拉图就把自己上上下下精心打理了一遍，准备去见这个世界上最有智慧、最博学的人。他边走出家门，边想象着，自己一定会给他留下很好的第一印象，就在这时候，脑海中的小声音又说话了："当然了，你这么帅，肯定会给他留下一个好印象的，但是，你要去哪里找他呢？"

突然间，柏拉图才发现自己还不知道苏格拉底住在哪里。其实，对于这个苏格拉底，柏拉图可以说是一无所知啊。

"对啊，这可不是一个好的开始，看来你并没有多少智慧啊！"小声音继续说道，似乎有点儿生气了。

柏拉图开始询问路上的行人，有谁认识苏格拉底。经过一段时间的努力，他总算从街角卖橄榄的小贩那儿得到了一点儿消息。

小贩说："当然了，我认识苏格拉底，他住在阿洛佩切地区，不过，他很少在家。"

"想想也是，一个这么重要的人肯定很忙。"柏拉图回答说。

小贩听了，哈哈大笑起来："他会很忙？才不是呢！他从来不干什么正事，整天就在街上转来转去，问人一堆愚蠢的问题，大家都很烦他。"

柏拉图可没预料到这样的回答，但是小声音建议他，不要别人说什么就信什么，说不定小贩是一个爱嫉妒的人。

小声音问道："谁知道他对智慧了解多少呢？你相信这个卖橄榄的小贩还是阿波罗神呢？"

有道理！柏拉图谢过了小贩，就向他指的方向出发了。最后，柏拉图终于找到了苏格拉底的家。

不过眼前的景象可不是柏拉图想的那样。柏拉图一直想着，世界上最有智慧的人，一定住在一座大理石建造的宫殿里，有着黄铜做的大门，院子里满是百年大树，树荫底下是坐着冥想的好地方。而事实上，苏格拉底的家却再普通不过了，同雅典普通老百姓的家没什么两样。

不过，柏拉图不会因此而退缩，他走上前敲了敲门，继续想象着：门打开的时候，白色的光芒充满了门框，勾勒出智者的身影，他的白

胡子正好在画面中间……然而，他的想象又一次地破灭了。开门的是一个女人，她有点儿胖，手里拿着一把笤帚，脸上的表情显得有点儿不耐烦。她有点儿吃惊地盯着柏拉图看了一小会儿，不客气地问道："哎？你张着嘴站那儿干什么？"

柏拉图这才意识到自己一直站着不动，毫无表情地盯着她看，这时候小声音马上出来救场，对他说道："别一脸傻样儿站着不动了，快说些什么！"

柏拉图立刻照办，说道："早上好，女士。请问苏格拉底先生是住在这里吗？"

女人用怀疑的眼光看着他，好像觉得他在搞什么恶作剧，她回答道："那要看情况了。你找他干什么？"

14

对于这个问题，柏拉图再清楚不过要怎么回答了，所以，他自信地说道："有人告诉我，苏格拉底是世界上最有智慧的人，所以我就来了。"

那个女人不相信他，开始窃窃地冷笑道："谁？苏格拉底？世界上最有智慧的人？"她一边说着，一边想，越想越觉得好笑，最后，居然捧腹大笑起来。柏拉图在一旁摸不着头脑，还以为自己听错了呢。他想，这不会又是一种什么考验吧。或许老师就是用这种办法，吓走那些不那么诚心求学的学生的。所以，他用更加坚定的语气重复道："我想见一见世界上最有智慧的苏格拉底先生。"

女人听了他的话，觉得实在是太滑稽了，更加激动地大笑起来，连笤帚都拿不住了，差点没瘫坐在地上。

面对这个疯狂大笑的女人，柏拉图和小声音都不知道该怎么办了。正在这个时候，屋子里传出一个声音，问道："赞西佩，什么事情这么吵吵闹闹的？这里还有人想睡觉呢！"

没一会儿，这个声音的主人出来了，是一个老头儿，个子不高，两条腿有点儿罗圈儿，五官像斗牛犬似的挤在一起，脸好像被压过一样。

柏拉图迅速认定，这人肯定不是世界上最有智慧的人，因为他既没有长长的白胡子，也没有射出火焰一般光芒的眼睛，另外，他说话的声音和样子也太普通了。

老头儿在女人面前停下来，不高兴地看着她；然后他转过头，目光和柏拉图相遇了。他个子比柏拉图真的高不了多少。

"请原谅我的妻子赞西佩，她是一个古怪的人。"老头儿向柏拉图表示了歉意，又说，"你来这儿干什么呢？是什么事情让她觉得那么好笑啊？"

柏拉图觉得这个老头儿应该是伟大智者的仆人，所以他回答道："我是来找苏格拉底先生的。刚刚，我只不过说了他是世界上最有智慧的人。"当他说出这句话，赞西佩女士笑得愈加厉害了，她直接倒在了地上，抱着肚子放声大笑起来。于是，老头儿跨过她，拉起柏拉图的手，对他说道：

"这儿没办法说话。咱们找一个安静的地方吧。"

他们走出一段距离，老头儿把一只手搭到柏拉图宽宽的肩上，略显歉意地对他说："亲爱的小朋友，我想是有人和你开了个玩笑。我认识苏格拉底，可我不认为他是世界上最有智慧的人。"

这时候，柏拉图觉得，一定是这些人在合伙捉弄他。

"但是，这不可能啊！"柏拉图说，"这是阿波罗神亲自对我说的。神可从来不撒谎！"

老头儿听了他的话，觉得十分神奇，想知道整件事情的来龙去脉。于是柏拉图就把自己独自去德尔斐询问神以及神如何回答他的事情都一五一十地告诉了老头儿。老头儿听完了柏拉图的故事，突然变得很严肃，说：

"这可就奇怪了。我觉得你不像是一个说谎的人，而阿波罗这样高尚、重要的神更加不会说谎了。但是相信我，要说苏格拉底是世界上最有智慧的人，那实在是太奇怪了。"

"为什么你这么肯定呢？你很了解苏格拉底吗？"柏拉图问道。

"虽然我不想，"老头儿说，"但是我确实相当了解他，所以我才觉得有人比他更加有智慧。"

柏拉图看着老头儿的眼睛，觉得他说的是真心话，于是相信了他。他感到很伤心。

看到他那么沮丧，老头儿说道：

"我明白，你付出了很多的努力，想找一个老师。相信我，我很佩服那些努力寻找智慧的人。而且你很讨人喜欢。要不这样，我带你去见见另外一些人，我觉得他们才是雅典最有智慧的人。这样，或许你可以在他们中间找一个老师。"

于是，两人一起出发了。过了一会儿，柏拉图开始问他的这位新同伴一些问题。

"但是阿波罗神怎么可能骗我呢？"他问。

"神是不会说谎的。"老头儿回答，"尽管有时候他们会做一些奇怪的事情。有可能他让你寻找苏格拉底是为了考验你，你觉得呢？他想看看你是不是很容易退缩、是不是仅仅凭第一印象就做出判断。"

"为什么要这么做呢？"柏拉图接着问，他绞尽脑汁，还是无法理解。

"因为，肤浅的人是没有资格获得真正的智慧的。我还要告诉你的是，肤浅的人可比喷火的恶龙更加危险，因为他们常常会用他们的知识伤害别人。"

柏拉图思考着老头儿话中的含义。他觉得虽然这个老头儿是罗圈腿，小步快走的样子也显得很可笑，但是他说的话却充满智慧。柏拉图在心里对自己说："这个苏格拉底一定是最伟大的智者，连他的仆人都这么有智慧。"

他们走着走着，看到了一座气势非凡的大理石别墅，这座别墅坐落在雅典城最高贵的区域里。

　　老头儿走到铁栅栏门前停下来，说："这座别墅里面住的人名叫加里克莱。他是一个伟大的政治家，也是最有名的将军。他担负着如此重要的职责，必定很有智慧，也肯定有很多知识，至少大家都是这么说的。所以，我相信他会是一个好老师。如果你愿意的话，我可以介绍你认识他。"

　　柏拉图看到这座别墅这么大、这么美丽，立刻就觉得这是一个好主意，于是他请求老头儿陪他进去。他们穿过一个花园，花园里满是忙忙碌碌的仆人。别墅就坐落在花园中央，周围的花园里满是雕塑、喷泉和巨大的树木，这真是一个冥想的好地方。别墅里装饰着珍贵的挂毯，地板上是用马赛克拼出的一幅幅画，画里描述的是神和英雄们的故事。这次，柏拉图觉得自己总算来对地方了，不过，小声音好像有什么话要和他说。可是他的注意力已经完全被这里目不暇接的美景吸引了，一时间什么也顾不上了。老头儿让人去通报别墅主人，不一会儿，从大理石台阶上走下来一个男人，他又高又帅，脸上挂着大大的微笑。

"他笑得有点儿像一头狼。"小声音提醒他注意，但是柏拉图仍然毫不在意。

"一个老头儿和一个小孩找我？"有名的加里克莱说，"你们想要什么，施舍吗？"

"当然不是。"老头儿有点儿生气地回答。接着他说："伟大的加里克莱，你看，这个孩子在寻找雅典和世界上最有智慧的人，我马上就想到了你。"

这位将军一听到这句话，马上挺起了胸膛。

"你做得很对，老头儿。实际上，我认为我就是全雅典最有智慧和最博学的人，因为我是最有权力的人。如果还有别人比我更加有智慧的话，那他应该有更大的权力才对啊，不是吗？"

柏拉图乍一听，觉得加里克莱说得有道理。尽管他没有大胡子，但是应该是一个非常好的老师。然而，脑海中烦人的小声音还是想和他说些什么，正当他想静下心来听它说的时候，他的注意力却被老头儿清嗓子的咳嗽声吸引了。

　　"对不起，伟大的加里克莱，但是有一件事情我没明白，或许是因为我没有你那么多的智慧。"

　　加里克莱皱着眉头看着老头儿，对他说："你说吧，不过快一点儿。我可是很忙的。"

　　"好吧，你说你最有智慧，是因为你最有权力。那如果明天你丧失了你的权力，是不是你也会丢失你的智慧呢？这在我看来就很奇怪了，因为我相信一个有智慧的人会一直拥有智慧。"

　　加里克莱被这些话给问晕了，含含糊糊地嘟哝着，而老头儿继续问道："那如果明天，有另外一个人，通过欺骗和谎言把你打败，夺走了你所有的权力，让你沦为奴隶，那么你会突然间就变成傻瓜吗？而那个背叛你的人会变成一个有智慧的人吗？一个有智慧的人不应该是品格高尚而且正义的吗？"

　　大将军尴尬地左顾右盼，不知道该怎么回答了。柏拉图却隐约觉得，当老头儿问这些问题的时候，小声音好像终于一点一点地找到了自己想用的词，能向他解释清楚之前想要表达的意思了。现在，小声音想说的话很明确："加里克莱是一个妄自尊大的傻瓜。"

就好像加里克莱也听到了这句话一样，这个雅典最有权力的人变得满脸通红，情绪开始失去控制："无礼的老头儿！你怎么敢怀疑我的话？你是吃了熊心豹子胆吗？居然来我家里冒犯我！"

　　虽然老头儿只有加里克莱一半高，但是他并不慌张，而是冷静地回答道："我只不过是问了你一个问题。如果你回答不出来，那也不是我的错啊。"

　　看到他这么镇静，将军更加怒不可遏了。他一边大叫，一边把柏拉图和他的同伴赶了出来。

　　当他俩回到街上之后，老头儿转过头，对孩子说："很抱歉，我之前对加里克莱的看法是错的。我以为他是一个有智慧的人，但是……"

"那，我的老师呢？"柏拉图问，"我会不会一直找不到老师啊？"

"不会的。"老头儿回答道，"在雅典还有其他许多很有智慧的人。我也没有其他事要做，我会陪你去找老师的。你知道吗，我很喜欢走路，因为走路的时候能够讨论，讨论的时候就会推理。"

"这又是一个很有智慧的说法。"柏拉图想，"这个老头儿长得这么可笑，肯定不是世界上最有智慧的人，但是说实话，他确实非常有思想。"

他们继续走着，不一会儿来到了另外一座建筑跟前。这座建筑又高又陡，就像一座塔一样。它孤零零地矗立着，看着还真让人有点儿害怕。

"看！"老头儿说，"这是阿斯特里奥内的家，他是伟大的历史学家。人们说，在整个希腊，他是最博学的人了。我知道这肯定没错，如果你要找一个有智慧的人，我觉得找他是对的。"说完，两人走到大门前。

他们敲了门，但是里面没有任何动静。过了一会儿，从很远的地方，传来一阵拖拖拉拉的脚步声，脚步很慢，期间还不时地夹杂几声咳嗽。感觉好像是一阵雷雨在不断接近，但是接近的速度非常慢。又过了一会儿，门终于打开了，门里出现了一个特别瘦的男人。他的脊背弯得像一只虾米，皮肤上满是皱纹，表情显得很不耐烦，身上盖满了灰尘，就好像是一片充满雨水的乌云，阴沉且令人害怕。

"你好啊，最最博学的阿斯特里奥内。"老头儿笑着说，"这个男孩在寻找世界上最具有智慧、最博学的人做他的老师，我就想到了你，我觉得你应该就是他在找的那个人。"

阿斯特里奥内的眼睛亮了起来，他没说话，但是打了个手势，让两人进屋。屋子里面比外面更加让人害怕，黑漆漆的，窗子都紧紧地关着，到处都是一层一层的书。柏拉图很喜欢书，但是，这里这么昏暗，而且书上都积满了灰尘，就好像这些书想要像四面高墙一样围住他，然后随时从上面掉下来一本，砸中他的脑袋。

阿斯特里奥内时不时地咳嗽着，在咳嗽间歇，他开始说话了，声音带着浓重的鼻音，像是感冒病人的声音。

他说："事实上，我也相信我就是世界上最具有智慧的人，因为我读了世界上所有的书，我也知道很多别人都不知道的事。"

这时候另一阵咳嗽声打断了他的话，但是这次是老头儿在清嗓子。他说："也许在这样一位有学问的人面前，我应该闭嘴，但是有一件事我不明白。"

"那你可以问我啊，因为我无所不知。"阿斯特里奥内平静地回答。

"那么，你说你具有智慧，是因为你读了很多书……"

"所有的书。"阿斯特里奥内马上纠正了他。

"那么如果你有一个学生，你会把所有你知道的都教给他，对吗？"老头儿继续说。

"当然了，毫无疑问。"历史学家一边咳嗽，一边用他浓重的鼻音回答。

"但是，如果你无所不知，那你肯定也知道很多没用的东西，更糟糕的是，还有很多丑恶的和邪恶的东西，把这些东西教给别人可不是一件好事情吧。"

阿斯特里奥内又咳了两声，厌烦地回答道：

"听着，这些是你没办法理解的，因为你读书读得不够多。"

老头儿就好像没有听到这句话一样，继续非常镇定地说：

"另外，你说你无所不知，这也不是真的。"

历史学家一听到这话，马上开始咳嗽起来，他咳得那么重，以至于柏拉图都开始担心他会不会喘不上气来。柏拉图感到，暴风雨终于要来临了。阿斯特里奥内咳完，喘了几口气，表情变得阴沉而吓人，像打雷一样咆哮："你怎么敢这么说？我无所不知！我甚至知道特洛伊木马是什么颜色的，多重，有多少颗钉子，所有藏在里面的人的名字以及他们早餐吃了什么，我还知道他们之所以不停地抱怨，是因为劳蒙东特的小腿上长了疖子，穿了绿色的内裤并且一直喘粗气！而你又知道点儿什么？"

老头儿摇摇头，回答道："我知道自己一无所知，但是我也知道今天外面天气很好，风从海上吹来。如果我不跟你说，这些事你可都不知道。"

历史学家虽然明白老头儿说得有道理，但是他却更加生气了。他用自己所剩不多的气息大声吼着，把柏拉图和老头儿赶出了家门。他实在是太生气了，以至于两人已经走出很长一段路，还一直听见他愤怒的咳嗽声。

随着两人渐渐走远，阿斯特里奥内的咳嗽声终于听不见了。老头儿请柏拉图原谅自己，告诉他，自己很遗憾，这个老师又没拜成。不过，柏拉图本来就不想在那一堆灰尘中间上课，就告诉老头儿没关系，但是他又加了一句："不过如果你少问一点问题，也许他就不会那么生气了。"

老头儿耸了耸肩，好像这种话他已经听了很多遍了。

"我的妻子赞西佩也经常对我这么说。"他说，"但是我总是回答说，事情恰恰相反：如果人们多问一些问题，他们就会有更多的答案，那当我说话的时候，他们也就不会那么生气了。并不是我让他们生气，而是他们不喜欢真理；我完全可以一走了之，但是真理却会一直伴随他们，无论他们愿意不愿意。"

柏拉图听了这话，简直目瞪口呆。他再一次想，有这样一个仆人，那主人一定比仆人睿智十倍、一百倍甚至是一千倍。因此，他说："实际上，我觉得我们应该相信阿波罗神的话，回去找苏格拉底。我觉得世界上最有智慧的人就是他了。"

老头儿想了想，回答说："说实话，我觉得还有一个人，会比苏格拉底更加睿智。他叫特尔潘德罗，是希腊最伟大的演说家。"

演说家是那些写演讲稿并且大声诵读出来的人，他们的地位很重要，也都很有文化。

这时候，柏拉图已经有点儿累了。但是老头儿早已习惯了整天走来走去，所以，他还是精神饱满的样子。

柏拉图只好不太情愿地跟着老头儿继续走下去。

"没想到吧，寻找智慧还会这么辛苦，对不对？"小声音和他开起了玩笑，"也许你真的应该认真考虑当一个医生，至少医生没这么辛苦。"

又走了一段路，柏拉图真是累坏了，仿佛这段路永无止境，终于，他俩来到了特尔潘德罗的家。这是一座精致的别墅，房屋的装饰很是精致，到处都洁白光亮。柏拉图想，这儿真像是一个有智慧的人的家，有很多书，但是又不至于太多，花园里林荫遍布，十分安静，一切都井然有序。

"漂亮得有点儿过头了吧。"小声音对这儿的评价却似乎不那么乐观。

两人走进了特尔潘德罗家里，仆人告诉他们，主人每天上午都在花园里。他们走进了花园，果然找到了特尔潘德罗。他穿着一件白色的短袖长衣，沉浸在深思中，一边抚摸着一尘不染的长胡子，一边入神地盯着从树叶间隙里透出的阳光。这正是一位伟大的智者该有的样子。

"这还是有点儿过头了。"小声音继续对柏拉图说，仿佛它永远不满意似的。柏拉图想，小声音这永远不满意的脾气，倒是和老头儿有点儿像。

"向你致敬，高贵而博学的特尔潘德罗，你是老师们的老师。希望我们没有打扰到你。"

演说家转过身来，一看见他的客人们，就笑着欢迎他们，露出两排洁白的牙齿，笑容是那么完美。他用深沉而雄壮有力的声音说道：

　　"一点儿都不打扰，欢迎啊，我的客人们。我能为你们做些什么呢？"

　　老头儿又一次解释了来访的原因。特尔潘德罗听了之后，说："你做得很对，老头儿，来我这儿就对了，因为事实上我真的是全人类当中最有智慧和博学的人。有一次，我说服一头公牛，让它以为自己是一只麻雀，然后我让它在城市的屋顶上飞翔。"

　　"你真的做到了吗？"柏拉图问，"那它真的飞起来了吗？"

　　"呃，不管怎样，它至少跳得很高。"特尔潘德罗表示，"但这不是重点，重要的是我能够让任何人相信他们在飞。你想知道我是怎么做到的吗？"

　　柏拉图对学习所有这些了不起的事都有浓厚的兴趣，他马上就点头说："想。"

　　"很简单。因为，经过多年的研究，我明白了唯一值得学的真理，那就是智慧并不存在，而且没有什么是真的或是假的。我能言善辩，以至于到最后，无论我说什么，所有人都会同意，因此，我是最有智慧的人。"

柏拉图又一次吃惊地张大了嘴，就好像特尔潘德罗的声音有魔力一样，他想，这个人真的是老师当中最伟大的一个了……正想到这里，突然听到了一声熟悉的咳嗽声。

"高贵的特尔潘德罗，你说得太漂亮了，你的声音也很好听。"老头儿说，"可能是由于我无知，但是，有一件事情我不明白……"

"又来了。"柏拉图想。

"别急，让他说完。"小声音却对柏拉图说。不知什么原因，它好像不喜欢特尔潘德罗。

"说吧。没什么问题是我不能回答的。我可以证明任何事是对的，也可以证明任何事的反面是对的，哪怕把我的眼睛蒙住，让我单脚站立，双手绑在背后，只要能说话，我就能做到。"演说家回答。

"没这个必要。"老头儿说，"你只要像现在这样坐着就行，不过请解释一下你的自相矛盾的说法：如果你说没有什么是真的，那你怎么能证明这句话是真的呢？"

特尔潘德罗听了这个问题，脸色变得比身上的衣服还要白，脸上的表情好像踩到了蝎子尾一样。

"你说你能说服所有人。"老头儿继续说，"你说你能让一头公牛相信它是一只麻雀，但是，你却没能让我这个无知的人相信我很有智慧；另外，至少你得先回答我刚才问你的那个简单的问题吧？"

33

特尔潘德罗轻蔑地看着老头儿，一边发出像蛇一样的咝咝声，一边说："你也知道的，我才不屑于说服一个像你这样的乞丐呢！"

"你这样就不对了！"老头儿说道，"因为如果你不能说服我，就意味着你没法说服所有人。"

"这只是因为我不乐意。"演说家回答，他已经怒火中烧了，"现在你马上给我消失！你！还有你那流鼻涕的小孩！"

老头儿和柏拉图于是又一次回到了街上。柏拉图却一点儿都不伤心，因为通过今天的经历，他学到了智慧并不是权力，也不是知识，更不是能言善辩。虽然他还不知道智慧到底是什么，但是这已经是一个不小的进步了。另外，他隐约地知道自己应该向谁请教关于智慧的问题了。于是，柏拉图鼓起勇气对老头儿说："呃，我觉得我们已经走得够多了。带我去见苏格拉底吧，因为他应该就是世界上最具有智慧的人了！"

老头儿叹了一口气。

"亲爱的孩子，我没办法带你去见苏格拉底，因为我就是苏格拉底。"

柏拉图又一次吃惊地张大了嘴。怎么可能呢？这个可笑的老头儿，他有一个那么古怪的老婆，他的两条腿都站不直，还一直说自己一无所知，怎么可能他就是所有智者当中最具有智慧的那个人呢？当然了，他说了很多很有智慧的话，而且他问的很多问题别人都回答不上来，不过，有智慧的人不是应该有长长的胡子吗，还有其他的那些条件呢？正当他想着这些问题的时候，苏格拉底用手一敲自己的脑门说道："原来如此啊！我之前怎么会没有想到呢？"

"想到什么啊？"柏拉图好奇地问。

"是这样的，不知道这件事会不会发生在你身上，但是有时候，我会听到脑海中有一个小声音和我说话，给我一些建议。"

"当然了！"柏拉图的小声音回答说。

"有时候会吧。"柏拉图并没有按照小声音的意思去回答，对此他还有些惭愧。

"对啊，这次，我的小声音告诉了我阿波罗神的话是什么意思！我终于明白为什么阿波罗神说我是最有智慧的人了！"老头儿说着，高兴地蹦了起来。

"那是为什么呢？"柏拉图问。

"因为我知道一件事，而这件事是今天那三位先生都想不到的——我知道我自己几乎一无所知，而这正是真正的智慧：认识自己的极限，并且永远有学习的愿望！一个不断提出问题的人，要比一个假装自己懂得所有答案的人要更加有智慧。这就是神想要教给我的事情。要不是你的话，我还发现不了这一点呢！……那我该怎么报答你呢？"

柏拉图笑了，因为他知道阿波罗神对他说的是实话，尽管苏格拉底长着两条罗圈腿，脸扁得像斗牛犬一样，但他确实是柏拉图遇到的人当中，最有智慧的一个了。柏拉图满意地说："做我的老师吧，教我怎么能变得有智慧，咱俩就扯平了。"

苏格拉底想了想，回答道："成交了。但是你别想着中午之前来找我。对有智慧的人来说，上午是睡觉的时间。"

说着说着，他俩渐渐走远了……

这就是柏拉图在苏格拉底那儿上的第一课，这之后，他们还相处了很久。柏拉图在苏格拉底的精心教导下，变得非常非常有智慧，他把自己学到的东西写成了很多本书，并且自己也成了历史上最重要的哲学家之一。他并不反对别人叫他柏拉图，他成名的时候，用的正是小时候的这个名字。

苏格拉底是谁?

苏格拉底，一个真实存在的人，古代最重要的哲学家之一。他出生于公元前469年（一说公元前470年），也就相当于两千五百年前。他的爸爸是一个雕塑家，妈妈是位助产婆。他做过很多事情，还当过兵。据说他总是一动不动地思考问题，即使在很危险的地方。他的妻子叫赞西佩，他俩生了三个孩子。我们之所以记住苏格拉底，更因为他是一个伟大的老师。可惜的是，他的行为方式导致很多人把他当成敌人，以至于后来，他们把他送上了法庭。最后，他还被法庭判处了死刑。苏格拉底本来是可以逃走的，但是他宁可死也不愿意离开他钟爱的雅典城。

柏拉图是谁?

柏拉图，苏格拉底所有学生当中最聪明、最有名的一个。在他的老师死于监狱后，柏拉图决定把老师讲课的内容记录下来，编辑成书。因为苏格拉底生前一直忙于教学，没有时间写作，所以他什么文字都没有留下来。我们今天读的这个故事和很多其他故事，都是因为柏拉图的记录才得以保存下来。柏拉图记录了苏格拉底和其他人的谈话内容，并在这些谈话中体现出了苏格拉底的思想。

哲学家是什么？

这个问题有许多答案，从古希腊人的时代起，一直到今天，学者们都还没能达成一致意见。哲学家原本的字面意思是"智慧的朋友"，指的是那些试图回答很难的问题的人。这些问题比如："什么是正确的，什么是错误的""事物的本质是什么"以及"人死了之后会发生什么"等等。

最早的哲学家诞生在古希腊。如今，柏拉图的时代已经过去很久了，但哲学家提出的很多问题还是没有答案。也许，加上一点运气，你有可能会找到这些答案，谁又说得准呢？

小声音是什么？

小声音，古希腊人称它为"精灵"，类似于人类的守护天使。当一个人遇到问题的时候它就会出现，提出建议，帮人解决问题。今天，有些人把它称作"本能"，还有些人把它称作"意识"。

苏格拉底和柏拉图认为它存在于每个人的脑海之中，如果我们认真听，就能够时不时听到它。这个理论受到很多哲学家的欢迎，他们不断重复这个理论，当然有时也会进行一些改动。如果现在你也能时不时听见这个声音，也许意味着你长大以后会成为一个哲学家，或者，是一个非常有智慧的医生……

故事点评：

本书讲述的故事，是从《苏格拉底的申辩》这篇文章中摘录出来，经过一些改动写成的。《苏格拉底的申辩》讲的是苏格拉底如何在法庭上为自己辩护的事情。苏格拉底在法庭上讲这个故事，是为了说明为什么很多有权力和有名的雅典公民会和他过不去，同时，也是为了告诉雅典公民，在他眼中，什么才是真正的智慧。